AF357184

LES PLEVRS, ET LAR-

MES DES NEVF MVSES,

& du Poëtte, ſur la miſera-
ble condition, & tra-
uerſe de ce
temps.

Par G. B. B.

Au Seigneur de la Chaſtre.

CALLIOPE

RES mes Sœurs ïettez coulléres larmes
Voz yeux ſoiêt deux ruiſſeaux,
Voïez à l'œil tant de milliers géd'armes
Marcher à grands monceaulx,

Faiſans faictz d'armes
Faiſans Vacarmes,
Couuers d'armures
Fortes & dures

Et eſtendez au vent les blancs drappeaux.

CLION

Ores voïez marcher soubz les enseignes
    Tant de milliers soldars,
Ores voïez déploïez en cés plaines
    Tant de blancs estendars,

        Tant de trompettes,
        Tant d' escoppettes,
        Et tant de lames
        Et tant de flames,

Tant de tabours, de fleiches & de dars.

ERATON

Or'sus mes sœurs cessons nos doux cantiques
    Cessons nos plaisans ieux,
Retirons nous dans nos antres antiques,
    Laissons ce Mars hydeux,

        Toutes ses rages
        Tous ses orages,
        Et ses outrances
        Ses fiêres lances,

Sés durs arrois & ses choz furieux.

THALIE.

Ie qui ſoullois ſur les nerfz de ma harpe
    Au mouuoir de mes dois
Mignardement me pendant en écharpe
    Chanter à haute vois,

        Si que les ondes
        Les plus profondes
        Suiuoiênt mes traces
        De place en places,

Comme faiſoient les foreſtz & les bois.

MELPOMENE

Ie qui ſoullois au refrain de ma lire
    Par mains accordz diuers,
Mignardement faire chanter & dire
    Vng millier de mes vers,

        Pleins d'harmonie,
        Mais la Manie
        Sœur d'infortune
        Et de rancune,

Deſaſtrement ha tout mis à l'enuers.

TERPSICHORE

Faut il helas qu’en ceste prime-uere
En lieu d’ouir les chans
Des oyselletz, d’ouir ce Mars seuere
Se braue, par les chams?

Tuer, occire
Et déconfire,
La gent de France,
Par grand outrance

Cruellement par ses glaiues tranchans?

EVTERPE

Or’ sus les bois, & les forestz ombreuses
Réserrez vos couleurs,
Et vous aussy les campaignes herbeuses
Faictes fanir vos fleurs:

Que plus ne dure
Ceste verdure,
Qu’elle s’enserre
Dedans la terre,

Et vous fleurons & plaisentes odeurs.

POLYMNIE

Vous autres creux & fontaines sacrées
        Retenez voz ruisseaux,
Tariſſez vous & ſoïez enterrées
        Dans le creux de vos eaux.

                Fy de delice,
                Sus qu'on gemiſſe,
                Qu'on iette larmes
                En ces allarmes

Vous cytadins, agreſtes, & ruraux.

VRANIE

Que ie te deux helas ô pauure agreſte
        Que deuiendra ton ſoc,
Que ce Dieu Mars mutin dur & moleſte
        Viend t'attacher au croc.

                Et puis la gerbe
                Encor' en herbe,
                Qu'il viend réprendre
                Et te l'a prendre

Ce mutin la en ſ'en allant au choc.

Mnemosyne mere des Muses

Plus ne voirras estendu dans vn combre
Auprés de tes patiz
Pour du soleil te retirer à l'ombre
Tes cheures, & brebis,

Brouter & paistre
Dans le champaistre,
Dessoubz la cure
Et guide sure

De ton bergier de tes chiens & metiz.

Le Poëtte

Que ie te pleindz Henry roy inuincible
Le supréme des rois,
De voir ainsy d'vne main si horrible
Rompre & forcer tes lois,

Dieu faictz leur guerre,
Chasse bel-erre,
Ceste vermine
Qui te mutine

Et s'orguillist encontre les Vallois.

Dieu confondz les, de palmes & d'oliues
    Soiênt nos chams plantureux,
Tous cés mutins chaſſes loin de nos riues
    Remeſtz le ſiêcle heureux:

        Ton bras, ton foudre
        Les mette en poudre,
        De ta tempeſte
        Touche leur teſte

Et les ſubmerge au flune ſtygieux.

Mais quoy? quittray ie au plaiſir de mon Endre
    L'Idole de mes yeux.
Qui par Idée au naïf me vient feindre
    Les petitz corps des cieux?

        Ores la treſſe
        D'vne Déeſſe,
        La douce halaine
        D'vne Syrene

Et de Venus les attraiſtz gratieux?

                                        B

Helas moy simple helas(tant ell'm'abuse)
Me semble y voir former,
Le corps parfaict de ma celeste Muse
Ores i'y voy ramer:

Milles pucelles
Accortes, belles,
Milles Pleyades
Milles Dryades

Et en poissons soudain se transformer.

Las-si ie ris, comme moy te voy rire
Et faire ce que faictz,
Ce que ie faictz si lors ie le déchire,
Aussy tu te défaictz.

Si ie lamente
Tu te gaymente,
Et si ie marche
Tu te demarche

Mon Indre en tout las-tu me contrefaictz.

Braue la Chaſtre illuſtre Capitaine
          Comparable aux Ceſars,
Tant rénommé iuſqu'à la gent loîntaine
          Qui de tous ces hazards,

               Tiêns, & aſſeure
               Noſtre demeure
               Contre l'outrance
               Et la greuance,

De ces mutins & truculens ſoldars.

De ta mercy le paſteur au champaiſtre
          Couché deſſous l'ormeau,
Hors de ſoucy, & d'ennuy fait répaiſtre
          Le brebial trouppeau:

               Et l'autre glaine
               Dedans la plaine,
               L'autre qui forge
               D'vn tuyau d'orge

Vn flagôlet & petit challumeau.

Henry auance, or’ cours, viên de, deta vcüe
Seullement cés peruers,
Et ceste gent comme tout’ éperdüe
Tombra mort’ à l’enuers:

Ton œil austaire
Les fera taire,
Leur sepulture
Sur la pasture

Des chiens gloutons, des corbeaux, & des vers.

Ὅμοιον ὅμοιῳ φίλον.

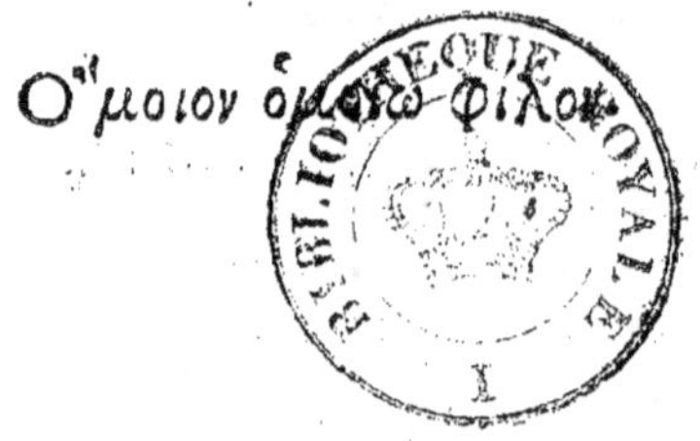